APR 5 1994

P9-DWQ-254

LOS TRES DESEOS

MARGOT ZEMACH

LOS TRES DESEOS

· UN VIEJO CUENTO ·

Traducido al español por Aída E. Marcuse

MIRASOL / *libros juveniles*
Farrar, Straus and Giroux
New York

A Cybele, Ariella y Talya

HACE MUCHO TIEMPO, un leñador y su mujer vivían apaciblemente junto a un bosque en el que trabajaban juntos todo el año.

Cada mañana al amanecer, iban al bosque, talaban árboles y ramas y los cortaban en leños. Y al ponerse el sol los acarreaban a su cabaña. Pero por más duro que trabajaran o cuan largas horas lo hicieran, a menudo pasaban hambre.

Una mañana temprano, mientras trabajaban en el bosque, oyeron una vocecita que rogaba:

—¡Socorro! ¡Socorro! ¡Por favor, ayúdenme!

La voz parecía venir de un viejo árbol que había caído cerca de allí.

El leñador y su mujer corrieron al árbol. Junto a él había un duendecillo agitando las piernas violentamente. ¡Al caer, el árbol le había atrapado la cola!

—¡Socorro! ¡Socorro!— repitió el duendecillo con voz débil.

—Te ayudaremos con mucho gusto — dijeron al mismo tiempo el leñador y su mujer.

Y empujaron y empujaron, hasta que consiguieron mover el árbol.

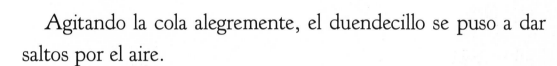

Agitando la cola alegremente, el duendecillo se puso a dar saltos por el aire.

—Mil gracias por haber sido tan buenos — dijo —. He estado atrapado aquí miserablemente desde que cayó el árbol. Para agradecerles por salvarme, les otorgaré tres deseos. Serán sólo tres, así que, amigos míos, deseen prudentemente. ¡Adiós!

El duendecillo voló entre las ramas y se perdió de vista.

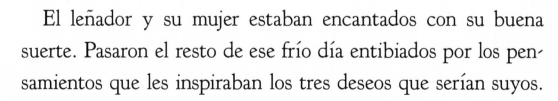

El leñador y su mujer estaban encantados con su buena suerte. Pasaron el resto de ese frío día entibiados por los pensamientos que les inspiraban los tres deseos que serían suyos.

—Tendríamos que desear finas ropas y objetos de plata— pensó la mujer—, o tal vez una casa muy grande con jardines de flores y árboles frutales.

Al atardecer, mientras regresaban a casa, el hombre pensaba:

— Podríamos desear tener un burro para acarrear los leños, y hasta un carro y un caballo para que nos lleve a nosotros.

— Eso mismo, eso mismo — dijo para sí. Y la pila de leña que llevaba a la espalda le pareció más liviana.

Apenas llegaron a casa, el leñador y su mujer se sentaron a hablar de los tres deseos.

— Podríamos pedir finas ropas y platerías — dijo la mujer —, o una casa grande con jardines de flores y árboles frutales.

— O podríamos pedir un burro que acarree los leños, o un carro y un caballo que nos lleve a nosotros — dijo el leñador.

— O podríamos desear un gran arcón lleno de joyas — dijo la mujer.

— ¡O una montaña de monedas de oro! — dijo el hombre.

— Podemos desear no padecer más hambre — dijo la mujer.

— Eso mismo, eso mismo — dijo el hombre —. Pero lo que más deseo ahora es una sartén llena de salchichas para la cena.

¡Dicho y hecho! Al instante apareció en el fuego una sartén llena de salchichas, humeantes y crepitantes.

—¡Oh, qué tonto eres! — gritó la mujer — ¡mira lo que has hecho! ¡Cuánto querría que esas salchichas se te pegaran a la nariz!

¡Dicho y hecho! Las salchichas saltaron de la sartén y se pegaron a la nariz del hombre.

— ¡Mujer, mira lo que has hecho! — exclamó el leñador—, ¿quién es el tonto ahora?

El leñador y su mujer trataron por todos los medios de despegarle las salchichas de la nariz. Pero aunque jalaron y se esforzaron muchísimo, sus esfuerzos fueron vanos. Las salchichas siguieron colgadas de la nariz del pobre hombre.

Por fin, cuando estaban tan cansados que no podían ni moverse, el leñador y su mujer se desplomaron junto al fuego.

Pensaron ansiosamente en el último deseo que les quedaba. ¿Pedirían el burro para acarrear los leños, el carro y el caballo que los llevaría a ellos, la casa grande, las finas ropas y las joyas, o la montaña de monedas de oro? Cualquiera de esos deseos podía aún realizarse.

Pero, ¿para qué les serviría todo eso si el hombre tenía que vivir el resto de su vida con salchichas colgándole de la nariz?

Unieron las manos y los dos al mismo tiempo desearon que las salchichas se fueran de la nariz.

¡Dicho y hecho! Las salchichas volvieron a la sartén, humeantes, crepitantes y oliendo deliciosamente.

El leñador y su mujer se sentaron alegremente a disfrutar su rica cena.

—Bueno, bueno...¡después de todo, no nos ha ido tan mal! — dijo la mujer.

—Eso mismo, eso mismo — asintió el hombre.